Mi welais long yn hwylio

SIÂN LEWIS

Darluniau gan
GRAHAM HOWELLS

GOMER

Un diwrnod yn yr haf daeth dau wahoddiad i dŷ Megan.

Roedd un i Mam a Dad. Gwahoddiad i briodas yn Iwerddon oedd hwnnw.

Roedd y llall i Megan oddi wrth Tad-cu. Roedd Tad-cu wedi sgrifennu pennill:

Am hwyl a sbri
Dere i aros gyda fi
Ar y trydydd o Awst.
Cariad mawr, Tad-cu.

Ar y trydydd o Awst aeth Megan i aros gyda Tad-cu a hwyliodd Mam a Dad i Iwerddon.

"Ches i ddim gwahoddiad i'r briodas," meddai Megan.

"Naddo," meddai Tad-cu. "Ond fe gest ti wahoddiad i aros gyda fi."

Aeth Megan a Tad-cu i lawr i'r traeth ger ei dŷ. Roedd cysgod bach llwyd ar y gorwel, cysgod 'run siâp â chastell.

"Pa mor bell yw Iwerddon?" gofynnodd Megan.

"Ddim yn bell o gwbl," meddai Tad-cu. "Paid â phoeni. Fe fydd Mam a Dad yn ôl chwap a bydd gyda ni stori i'w dweud wrthyn nhw."

"Pa stori?" meddai Megan.

"Dwi ddim yn siŵr eto," meddai Tad-cu.

Roedd y llanw'n isel a'r traeth yn disgleirio o'u blaenau. Cododd Tad-cu garreg fach streipiog a'i rhoi yn ei boced. Cododd gragen binc a darn o asgwrn hefyd, ond aeth Megan i chwilio am botel. Haf diwethaf roedd ei ffrind, Elin, wedi dod o hyd i neges mewn potel. Byth er hynny roedd Megan yn chwilio am neges bob tro roedd hi'n dod i dŷ Tad-cu.

Cerddodd Megan yn syth at y graig bigog. Yn ymyl y graig roedd potel yn gorwedd! Wrth fynd yn nes, gwelodd Megan ei hwyneb yn disgleirio ar y gwydr glas. Y tu ôl i'r wyneb roedd rholyn o bapur.

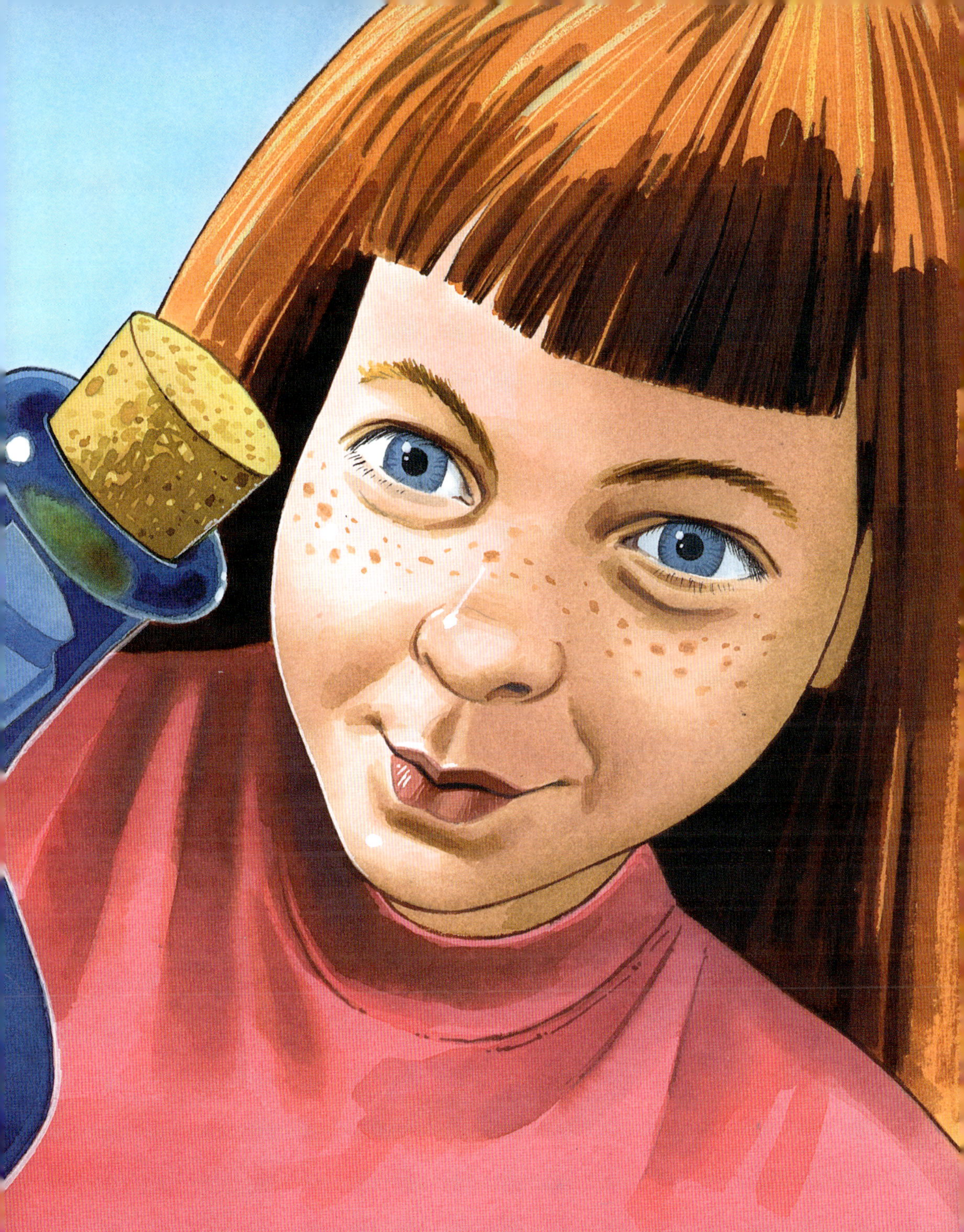

“Tad-cu!” galwodd gan chwifio’i breichiau fel melin wynt. “Dewch ’ma! Dwi wedi ffeindio rhywbeth, Tad-cu!”

Erbyn i Tad-cu loncian ar draws y traeth roedd Megan wedi tynnu'r rholyn papur o'r botel.

Roedd neges wedi ei sgrifennu ar y papur mewn llythrennau du cyrliog. Darllenodd Megan y neges yn uchel.

Edrychodd Tad-cu arni'n syn,
a'i lygaid yn fawr ac yn grwn.

"Megan!" meddai. "Wyt ti'n
gwybod beth yw hwnna?"

"Beth?" gofynnodd Megan.

"Map!" meddai Tad-cu.
"Map trysor y môr-leidr
Barti Ddu. Edrych.
Mae croes ar y map
a'r llythyren B."

Gwenodd Megan. Roedd enw Tad-cu'n dechrau â'r llythyren B hefyd - B am Ben. Nid neges go iawn oedd hon wedi'r cyfan ac nid map môr-leidr chwaith. Tad-cu oedd wedi trefnu syrpreis iddi am fod Mam a Dad wedi mynd i ffwrdd. Roedd Tad-cu wedi cuddio trysor o dan y groes ac roedd rhaid iddi hi fynd i chwilio amdano.

“Nawr ’te,” meddai Tad-cu, gyda golwg ddryslyd iawn ar ei wyneb. “Map o ble yw hwn, tybed?”

“Map o’n traeth ni yw e,” meddai Megan gan chwerthin. “’Drychwch. ’Co’r graig bigog draw fan’na. Mae’r groes yr ochr draw i’r graig. Fe af i i chwilio am y trysor nawr. Arhoswch chi fan hyn, Tad-cu.”

Cydiodd Megan yn y map ac i ffwrdd â hi. Dringodd fel gwiwer i ben y graig bigog ac edrychodd ar y traeth oddi tani. Ym mhen draw'r traeth roedd carreg fawr lwyd gyda choes ar bob cornel a haid o wylanod yn hofran o'i chwmpas.

"Dwi'n gallu gweld y groes!" galwodd Megan.

"Io-ho-ho!" atebodd Tad-cu.

Neidiodd Megan i lawr o ben y graig. Cododd ddarn o wymon a'i chwifio uwch ei phen fel cleddyf.

Roedd rhes o olion trênyrs ar y traeth. Dyma Megan yn dilyn yr olion ac yn brasgamu tuag at y groes gan gau un llygad a sgyrnygu'n gas fel môr-leidr mawr hy.

Dychrynodd y gwylanod a hedfan i ffwrdd.

Dychrynodd Megan hefyd.

Drwy ei un llygad roedd hi wedi gweld rhywbeth rhyfedd. Roedd pen wedi tyfu ar y garreg lwyd. Ar y pen roedd wyneb tywodlyd a dwy lygad wlyb.

Gollyngodd Megan ei chleddyf ac edrychodd dros ei hysgwydd.

"Tad-cu!" gwaeddodd yn llawn cyffro. "Tad-cu!"

"Io-ho-ho!" atebodd Tad-cu. "Gest ti afael ar y trysor?"

Ysgydwodd Megan ei phen a phwyntiodd at y peth rhyfedd ar y tywod.

Mewn chwinc roedd Tad-cu wedi dringo dros y graig ac yn rhedeg tuag ati.

“Wel, weles i ’rioed shwt beth!” meddai Tad-cu wrth edrych ar y creadur llwyd lletchwith oedd yn gorwedd ar y traeth. “Crwban môr yw hwn. Mae e wedi dod o bell.”

“Mor bell ag Iwerddon?” gofynnodd Megan.

“Pellach o lawer na hynny,” meddai Tad-cu.

Roedd pen y crwban druan yn gorwedd yn llipa ar y tywod.

“Lwcus dy fod ti wedi ei weld e, Megan,” meddai Tad-cu. “Rhaid i ni fynd ag e i’r sŵ môr. Mae angen help arno fe.”

Gafaelodd Tad-cu yn ofalus yng nghragen y crwban a'i godi. Roedd y crwban yn symud ei fflipperi yn ara bach fel petai e'n nofio drwy'r awyr. Gyda'r darn o bapur yn ei llaw brwsiodd Megan y tywod a'r hen wymon oddi ar ei gefn.

Helpodd hi Tad-cu i gario'r crwban dros y graig. Wedyn rhedodd i agor y car ac i daenu mat traeth dros y gist i wneud gwely i'r crwban. Roedd y crwban yn llenwi'r gist i gyd.

"Dwi'n meddwl bod y gist 'ma wedi ei gwneud yn arbennig i ffitio'r crwban," meddai Tad-cu.

"Ydych chi?" meddai Megan.

"Na. Dim ond esgus." Gwenodd Tad-cu.

Eisteddodd Megan yng nghefn y car er mwyn cadw llygad ar y crwban. Doedd e erioed wedi bod mewn car o'r blaen. Roedd e'n gwneud ei orau glas i nofio ac roedd ei fliperi yn taro yn erbyn cefn y sedd.

"Allwn ni ei alw e'n Barti?" gofynnodd Megan.

"Gallwn, wrth gwrs," meddai Tad-cu.

Canodd Megan gân i'r crwban.

"Mi welais Barti'n hwylio,
Yn hwylio ar y lli . . ."
"Roedd wedi dod o Fecsico
I weld Megan a Tad-cu," canodd Tad-cu.

Roedden nhw'n canu bob cam i'r sw môr.

“Fydd y crwban yn iawn?” gofynnodd Megan i’r dyn a ddaeth i nôl Barti.

“Bydd,” meddai’r dyn. “Fe drefna i i’w anfon adre i Fecsico mewn awyren.”

Gwenodd Megan. Roedd Barti’n chwifio ei ffliperi arni yn union fel petai e’n ymarfer hedfan drwy’r awyr. Gwyliodd hi’r crwban yn llithro i’r tanc a chododd ei llaw arno wrth iddo nofio i ffwrdd.

“Roedd hwnna’n syrpreis arbennig,” meddai Megan ar y ffordd yn ôl i’r car. “Sut roeddech chi’n gwybod bod y crwban ar y traeth, Tad-cu?”

“Doeddwn i ddim nes i ti gael gafael arno,” meddai Tad-cu.

“Ond pam tynnoch chi ei lun ar y map?” gofynnodd Megan.

“Wnes i ddim,” meddai Tad-cu. “Tynnu llun croes ar y tywod wnes i. Mae dy drysor di ar y traeth o hyd. Dere i chwilio amdano.”

Ond wedi cyrraedd y traeth doedd dim sôn am y groes a grafodd Tad-cu ar y tywod. Roedd y môr yn llepian dros y graig bigog a'r groes wedi diflannu o dan y dŵr.

"Wel, dyna siom," meddai Tad-cu. "Mae dy drysor di wedi mynd."

"Beth oedd y trysor?" gofynnodd Megan.

"Llong mewn potel," meddai Tad-cu. "Fi wnaeth hi ac fe roddais i dy enw di arni."

"O, Tad-cu, peidiwch â phoeni," meddai Megan wrth weld ei wyneb trist. "Dwi'n gwybod ble mae'r llong. Mae hi'n hwylio dros y tonnau . . .

Mae wedi mynd ar ei gwyliau
i wlad y crwbanod . . .

a rhyw ddiwrnod fe ddaw hi adre'n ôl
atoch chi a fi."

MEGAN

Drannoeth daeth mam a thad Megan adre.

"Mae stori gyda ni i'w dweud wrthyn nhw," meddai Megan yn falch. "Stori arbennig iawn, on'd oes e, Tad-cu?"

Barti Ddu

Enw: Bartholomew Roberts.
Man geni: Casnewy' Bach ger Abergwaun.
Dyddiad geni: 1682. Dyddiad marw: 1722.
Yn enwog fel: Môr-leidr.

"Barti Ddu o Gasnewy' Bach,
Y morwr tal â'r chwerthiniad iach.
Efô fydd y llyw
Ar y llong a'r criw—
Barti Ddu o Gasnewy' Bach."

Chwiliwch am ragor o wybodaeth ar:
www.geocities.com/Athens/7012/bartholemewrobertsinfo.html

Cychod mewn poteli

* Yn y 1800au byddai morwyr ar daith rhwng Prydain ac Awstralia yn eu gwneud pan nad oedd digon o wynt i lenwi hwyliau eu llongau.
* Arferai morwyr o Sbaen osod posau a chroesbrennau mewn poteli yn y 1700au.
* Un o'r rhai lleiaf yw'r llong a osodwyd y tu mewn i fylb tortsh!

Chwiliwch am ragor o wybodaeth ar:
www.seascape.demon.co.uk
neu
www.bottleship.learnfree.co.uk

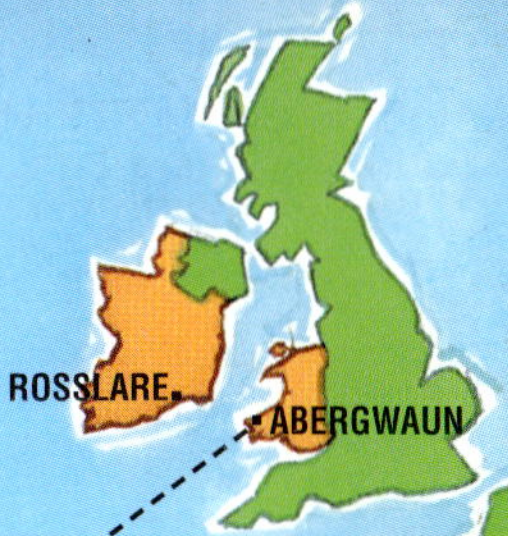

Llongau fferi

★ Llongau sy'n teithio'n gyson ar draws darn mawr o ddŵr yw fferi.

★ Mae dwy fferi yn teithio o Abergwaun i Rosslare yn Iwerddon—*Koningin Beatrix* a *Stena Lynx III.*

★ 54 milltir fôr sydd rhwng Abergwaun a Rosslare.

★ Hyd y daith yw 3 awr a 30 munud.

★ Mae'r catamaran yn cymryd 95 munud i groesi.

★Hwyliodd y fferi gyntaf yn 1906.

Chwiliwch am ragor o wybodaeth ar:
www.stenaline.com
neu
www.stenaline.co.uk

Crwban môr ar goll

★ Cafodd crwban môr Kemps Ridley ei ddarganfod ar draeth Aberllydan, Sir Benfro, 30 Tachwedd 1999. Roedd y crwban bron 5,000 o filltiroedd o'i gartref ym Mae Mecsico.

★ Roedd yn 60 centimetr o hyd a chafodd ei enwi'n Beaky. Anfonwyd y crwban i *Sea World* yn Orlando, a bu arbenigwyr yn gofalu amdano yno am bedwar mis cyn ei ryddhau i'r môr ger Mecsico. Mae crwban môr Kemps Ridley yn greadur prin.

Chwiliwch am ragor o wybodaeth ar:
www.vancouver-aquarium.org/visitors/faq/ Aquafact/seaturtl.htm
www.buschgardens.org
www.seaworld.org

I Richard, sy'n hoffi'r môr.

S.L.

I Rhian a Bethan,
gyda diolch am helpu.

G.H.

Argraffiad cyntaf – 2001

ISBN 1 85902 909 4

Cyhoeddwyd dan nawdd Cynllun Cyhoeddiadau Cyd-bwyllgor Addysg Cymru.

Mae Uned Iaith Genedlaethol Cymru yn rhan o WJEC CBAC Limited, elusen gofrestredig a chwmni a gyfyngir gan warant ac a reolir gan awdurdodau unedol Cymru.

Cyhoeddwyd gyda chymorth Awdurdod Addysg Sir Benfro.

Dymuna'r cyhoeddwyr gydnabod cymorth Adran Olygyddol Cyngor Llyfrau Cymru.

Cynllun y clawr: Olwen Fowler

Argraffwyd yng Nghymru gan
Wasg Gomer, Llandysul, Ceredigion SA44 4QL

www.gomer.co.uk